Otto Richard Schmidt-Cabanis
Der große Struwwelpeter

SEVERUS Verlag

Schmidt-Cabanis, Otto Richard: Der große Struwwelpeter
Ein moralisches Kinderbuch für Kinder von 17 bis 77 Jahren. 2017
Neuauflage der Ausgabe von 1912
ISBN: 978-3-95801-691-0

Korrektorat: Amelie Bölscher
Satz: Amelie Bölscher

Umschlaggestaltung: Annelie Lamers, SEVERUS Verlag

Bibliografische Information der Deutschen Nationalbibliothek: Die Deutsche Nationalbibliothek verzeichnet diese Publikation in der Deutschen Nationalbibliografie; detaillierte bibliografische Daten sind im Internet über https://dnb.de abrufbar.

Der SEVERUS Verlag ist ein Imprint der Bedey & Thoms Media GmbH, Hermannstal 119k, 22119 Hamburg

---

SEVERUS Verlag, 2017
http://www.severus-verlag.de
Gedruckt in Deutschland
Der SEVERUS Verlag übernimmt keine juristische Verantwortung oder irgendeine Haftung für evtl. fehlerhafte Angaben und deren Folgen.

Otto Richard Schmidt-Cabanis

Der große Struwwelpeter
Ein moralisches Kinderbuch für Kinder von 17 bis 77 Jahren

MIX
Papier aus verantwortungsvollen Quellen
Paper from responsible sources
FSC® C105338

Inhaltsverzeichnis

Struwwelpeter senior 3
Karl, genannt Perikles Atzelino 7
Schlamplotte 11
Die Kalte Laura 13
Der Stutzer 19
Fritz der Wühler 21
Dieterich der Trunkenbold 25
Der Dietrich 27
Eduard der Rempler 29
Die Geschichte non den Vielküssern 31
Die Geschichte von der geizigen Bertha 35
Koketterie 37
Die Geschichte von der todtgeschnürten Marie 45
Angel-Eduard 47
Ferdinand, der Vielschnupfer 49
Karl, der gekaufte Doktor 51
Die totgetanzte Louise 57
Minna, die Dichterin 59
Kunigunde und Eduard 61
Moritz der Sonntagsreiter 64
Zigarren und Mädchen 66
Anton, der Süßholzraspler 69

STRUWWELPETER SENIOR

Seht einmal hier steht der
Alter Struwwelpeter!
Wie er war als Bube,
Fährt er in die Grube:
Struppig, ungewaschen,
Glanz um alle Taschen.
Ewig unrasieret,
Chemiset beschmieret,
Henkel aus dem Kragen,
Wird man ihn wohl tragen
In das Grabloch später.
Pfui! Der Struwwelpeter!

Wenn Ihr artig seid, alsdann
Kommt zu Euch der *Weihnachtsmann*.
Wenn die Kinder treu sich lieben,
Sich nicht küssen übertrieben,
Und nicht rauchen übermäßig,
Auch nicht schnupfen zu gefräßig –
Zeitig schmücken ihre Lampen
Und nicht schlampen und nicht pampen,
Wenn sie nicht zu viel mehr denken,
Den Verstand sich hübsch beschränken,
Auf das Ministerium hören,
Bärte hassen, Zöpfe ehren,
Und sich ruhig führen lassen
Durch die hohlen, krummen Gassen,
Ihrer Polizei gehorchen,
Pünktlich für die Steuern sorgen,
Brave Kinder sind im Ganzen
Und sich nicht zu Tode tanzen,
Bringt er ihnen, glaubt es mir,
Dieses schöne Büchlein hier.

KARL, GENANNT PERIKLES ATZELINO

Karl war erst fünf und dreißig Jahr
Und wird mit Kummer bald gewahr,
Dass bei ihm, eh' ein Jahr vergeht,
Schon Mondschein im Kalender steht;
Er wendet alle Mittel an,
Die man für Geld nur haben kann,
Pomaden und Markassaröl
Und Kräuterwasser ohne Fehl.
Als alle er umsonst versucht,
Und ob des Truges oft geflucht,
Wenn Haar und Haar von dannen stob,
Da braucht er endlich Eau de Lob;
Das trieb das Haar des armen Wichts
Auch nicht heraus – half Alles nichts!
Fürwahr, so mit bedecktem Haupt
Hat er schon manches Herz geraubt,
Man sah ihn an so liebevoll,
Dass ihm das Herz im Busen schwoll.
Doch ach, kaum nahm er ab den Hut,
Ihr Blick auf seiner Blöße ruht.
Kalt wendet man sich von ihm ab,
Da endlich nahm er Hut und Stab
Und holt sich von geschickter Hand
'ne Atzel, *item* Tour genannt.
Dies Wölkchen schiebt er vor den Mond,
Und dieser Schritt war schnell belohnt:
Es gab ihm noch vor Jahresschluss

Ein Mädchen den Verlobungskuss.
„Doch ach, mit des Geschickes Mächten
Ist kein ew'ger Bund zu flechten,
Und das Unglück schreitet schnell."
Bald versiegt der Liebe Quell.

Einst saß er mit seiner Braut
Auf dem Sofa recht vertraut,
Und sie streicht nach Mädchenart
Ihm die Wange und den Bart,
Voller Liebe ganz und gar;
Plötzlich fährt sie ihm durch's Haar
Und behält in ihrer Hand.
Seine Atzel, Tour genannt.
Schreck und Scham begegnen sich,
Er errötet, sie erblich;
Sieh, und kurze Zeit daraus –
Löst sich das Verhältnis auf.

Noch so manches Missgeschicke
Dankt der Arme der Perrücke,
Einstmals traf ihn auf dem Ball
Wiederum ein solcher Fall.
Eine Dame engelschön
Hatte er sich ausersehn,
Und er widmete sich ihr
Als getreuer Kavalier.
Und aus ihrem holden Blick
Strahlt ihm Hoffnung, Lieb' und Glück.
Aber ach, beim Cotillon,
Welche Schmach! welch ein Affront!
Blieb die Atzel, die infame,
Hängen an dem Arm der Dame –
Alles staunet und sie spricht:

„Extratouren gelten nicht!"
Atzelino ward sein Name.

Moral:
Kinder, geht auf Eurem Haupt
Erst der Mond auf – ja, dann glaubt,
Wär't Ihr noch so frisch und munter,
Geht die Liebessonn' Euch unter!

Schlamplotte

Die *Lotte* schlampte Alles hin;
Das war den Eltern kein Gewinn.
Ein neues Kleid, zehn Taler wert,
Das trug sie gleich am Küchenherd.
Wenn Schwester Anna ihren Staat
Stolz in der Kirche zeigen tat,
War längst dahin ihr Kleid und Tuch,
Dieweil sie's in der Woche trug.
Nie hebt sie sich die Kleider auf,
Durch Dick und Dünne geht ihr Lauf,
Auch sind wohl ihre Schuhe schief,
Das kränkte ihre Eltern tief,
Und einen Andern noch viel mehr,
Der unsre Lotte liebte sehr.
Bald nannte man sie kurz und glatt
Schlamplotte in der ganzen Stadt.

Die Kalte Laura

Die *Laura* schön von Angesicht,
Die fühlte keine Liebe nicht
Zu irgend einem Jüngeling,
Obgleich sie sich dergleichen fing
Nur so zur Kurzweil und zum Spiel
Und weil ihr Schmeichelei gefiel.
Doch ach, nach kurzer Huldigung
Stürzt sie sie in Verzweifelung. –
Zuerst fing sie den *Christian*,
Verliebter wie ein Auerhahn:
Der girrte schier ein halbes Jahr,
Und als er recht im Rausche war,
Sagt sie ihm keck in's Angesicht:
„Ich fühle keine Liebe nicht!"

Und bald darauf sucht Christian
Den Tod auf einer Eisenbahn. –
Nach diesem kam der *Anton* dran,

Dem ging es wie dem Christian;
Der Anton war vom Militär
Und stürzte sich in sein Gewehr. –
Der *Adolph* folgte schnell darauf,
Auch dessen Glück hört baldigst auf;
Der sprang in der Verzweiflung Sturm
Herab von einem Kirchenturm. –
Als sie den Adolph tot gemacht,
Da lockte sie den *Wilhelm* sacht;
Der bohrte, als er merkt den Scherz,
Sich tief den Dollich in das Herz. –

Drauf kam der *Robert* an die Reih',
Auch dessen Herz brach sie entzwei.
Wie ihn der herbe Ausspruch trifft,
Verschlang er zwei Pfund Rattengift. –

Dann holt sich August einen Korb,
Der schnell an Blei und Pulver storb. –
Der arme *Friedrich*, ungewarnt,
Ward jetzt von ihrem Reiz umgarnt;
Und eines Tags ging Friederich
Spazieren und – erhängte sich. –
So hatte sie in Kurzem dann
Getötet ihrer sieben Mann.
Ihr glaubt, nun leistet sie Verzicht?
Da kennt ihr die Kokette nicht!
„Das Dutzend muss erst werden voll!"
Lacht sie, und keine Träne quoll. –
Und wie sie neu die Netze spannt,
Kam Eduard der Lieutenant,
Ein Mensch, wie aus dem Ei gepellt,
Die Taille schlank, die Brust geschwellt,
Schön, glänzend, ritterlich und flott,
Mit einem Wort: ein junger Gott!
Das Rasseln seines Schwertes drang
Ihr in das Ohr wie Sphärenklang,
Die Rede seines Mundes brach
Wie Lava in ihr Herz. Sie sprach:
Der soll am Leben bleiben, der,
Er hat mein Herz bezwungen, er,
Ich dringe auf Erklärung heut,
Fürwahr es ist die höchste Zeit.
Sie fragt: mein Eduard, liebst Du mir?
Er aber höhnisch spricht zu ihr:
„Das ist das ewige Gericht:
Ich *fühle keine Liebe nicht!*"
Nahm seinen Sabul, seinen Helm
Und dann empfahl er sich, der Schelm.
Sie aber wimmert: bleib, o bleib!
Und klammert sich an seinen Leib;

Er aber macht sich los von ihr:
Kokette, sieh, das ist dafür!
Getötet hast Du sieben Stück –
Ich bin ihr rächendes Geschick.
In Ohnmacht fällt die Laura gut,
Dann aber nahm sie Tuch und Hut,
Lief an den Strom, der rauschend schoss,
Und stürzt hinein tief in den Floss.

Moral:
Ihr Mädchen, lernt aus der Geschicht':
Mit Männerherzen spielet nicht!

IDA, BEI DER MAN KLEBEN BLEIBT

Wie sieht's in *Ida's* Wirtschaft aus!
Ihr glaubt es nicht, es ist ein Graus!
In Polen kann's nicht ärger sein,
Wie mag's dem Mann zu Mute sein?!
Auf Tisch und Stühlen lag der Staub,
Der Zucker war der Fliegen Raub;
Stockblind sind alle Fensterscheiben,
Wo Spinnen frei ihr Handwerk treiben.
Schwarz wie die Nacht sind die Gardinen,
Die Dielen ohne Grund mir schienen.
Von Isabellenfarbe war
Das Tischtuch und durchlöchert gar.
Mein Messer roch nach Häring fein –
Wie muss es in der Küch' erst sein!

Und ihre Kinder – Gott erbarm!
Ein kleiner Hottentottenschwarm;
Man kann zu ihren roten Wangen
Durch eine Kruste nur gelangen.
Die Fliegen sprachen Allem Hohn
Und ihre Zahl hieß Legion!
Zuletzt, als ich mich wollt' erheben,
Blieb mir der Stuhl am Kleide kleben. –

So spricht man von der Ida – puh!
Und setzt noch immer mehr dazu.

Moral:
Schrecklich zwar ist Waschen, Lecken,
Scheuern, wenn man's übertreibt –
Doch der schrecklichste der Schrecken
Ist es, wenn man kleben bleibt!

Der Stutzer

Seht Euch mal den Stutzer an,
Staunet, was ein Schneider kann!
Seht, wie er sich reckt und ziert,
Haar *à la brebis* frisiert.
Eine Taille hat der Geck
Wie ein Heupferd, sag' ich keck.
Rock und Weste, wie famose!
Und es sitzt ihm seine Hose
Ohne Falten, *comme il faut*,
Straffer wie Mephisto's Floh.
Schaut nur vorn und hinten glänzt er,
In's Gesicht das Doppelfenster
Eingequetscht, schaut er umher,
Ob er auch bemerkt wird, er.

FRITZ DER WÜHLER

Fritz war kein guter Untertan:
Er war *ein Mensch in seinem Wahn*,
Der nie sich den Verstand beschränkt
Und über Alles selber denkt!
Die Wahrheit, denkt nur, nackt und bloß,
Zeigt' er der Welt ganz rücksichtslos.
Ehrwürdig war dem Brausekopf
Nicht 'mal der allerält'ste Zopf! –
Er sprach sogar mit frev'lem Hohn:
Wir wären all' aus einem Ton,
Wir wären Brüder, denket Euch!
So Hoch wie Niedrig, Arm wie Reich.

Kurzum, ein arger Wühler war
Der Fritze, das war sonnenklar.
Zumal wenn er beim Biere saß
Und demokrat'sche Blätter las.
Dann warf er Zunder in das Stroh
Und donnerte wie Mirabeau;
Was er dann sagte, zornverbissen – –
Das brauchen Kinder nicht zu wissen.

Die Freunde warnten: „Hüte dich,
Und sprich von Republike nicht!"
„Macht Euch mein Wort im Herzen Schreck,
So red' ich *von Leber weg*",
Sprach nun der böse Attentater,

Trotzdem, dass er Familienvater.
Die Bess'ren zogen sich zurück,
Von diesem Mann der – Republik,
Der sich zu fragen unterstand:
Wo ist des Deutschen Vaterland? –

Wie tief der Mensch doch sinken kann!
Was geht den Deutschen Deutschland an!!
Jedoch der Krug geht, wie man spricht,
So lang' zu Biere, bis er bricht!

Bald widmet ihm die Obrigkeit
Ein gutes Stündchen ihrer Zeit.

Als er einmal des Abends spät
Aus seinem Klub nach Hause geht,
Singt er mit heiterem Gemüt
Ganz laut, als wär's ein Kirchenlied:
„Wenn der Schnee weg von der Alma geht,
Im Frühjahr Alles neu *aufsteh*t!"

Da springen plötzlich, Eins, Zwei, Drei,
Konstabler wie der Wind herbei

Und rufen: „Sie sein Arrestant!
Sie haben das Komplott bekannt;
Der Tag, die Stunde fehlt nur bloß;
Im Frühjahr also geht es los?" –
„Wie so?", fragt Jener, zitternd schier,
Ich weiß von keinem Losgehn hier!"

Kein Sträuben half, man schleppt ihn fort
Zur Polizei. Nun sitzt er dort,
Und es wird der Herr Staatsanwalt
Erheben seine Klage bald
Und sicher wegen Hochverrat –
Das ist der Fluch der bösen Tat!
So kam der Fritz in's Ungelück
Durch seine leid'ge Politik.

Moral:
Oh werdet keine Hochverräter
Zumal – seid ihr Familienväter!

DIETERICH DER TRUNKENBOLD

Der *Dieterich*, der *Dieterich*.
Das ist ein arger Wüterich!
Zumal, wenn er halb sieben ist,
Und das ist er zu jeder Frist.
Er kehret heim um Mitternacht,
Und zwar nicht auf den Strümpfen sacht;
Dann poltert er die Trepp' hinauf
Und wecket seine Gattin auf.
Die springt vom Sofa: ach herrje!
Allwo sie ihn erwartete.
Er tritt herein, der Vagabund,
Mit kleinen Augen, großem Mund,
Mit Schritten, na, breitspurigen,
Und lallt Verbalinjurien.
Und denkt Euch mal, wie schlimm er war –
(Fortsetzung folgt, und sie ist rar!)

DER DIETRICH
(FORTSETZUNG)

Der *Dietrich* war ein böser Mann,
Oft – *schrie* er seine Gattin an!
Und schrei'n statt Flötenton zu sprechen,
Gilt jeder Frau für ein Verbrechen. –
Dieweil nun von dem Spiritus
Der Dieterich von Haupt zu Fuß
So ganz und gar durchdrungen war,
So ist es gar nicht wunderbar,
Dass durch ein Schwefelhölzchen klein
Er büßete sein Leben ein.
Er bracht' es seinem Mund zu nah
Und stund in lichten Flammen da!
So brannt' er bald zu Asch' und Kohlen
Herab bis auf die Stiefelsohlen.
Man trug als Aschenhäufchen dort
Den Dieterich in Schnupftuch fort.

Moral:
Bewahrt das Feuer und das Licht,
Könnt ihr das Saufen lassen nicht.

Eduard der Rempler

Der *Eduard*, der *Eduard*
Behandelt seine Eltern hart,
Weil sie ihm nicht zu Spiel und Trunk
Geld geben; er hat nie genung.
Zieht Vater nicht den Beutel frisch,
Dann schlägt er donnernd auf den Tisch;
Ja, eines schönen Morgens, da
Anrempelt er den Herrn Papa –
Und selbst die Mutter, Gotterbarm!
Die fasst er an den linken Arm –
Da sprach der Vater: *Sohn, dafür
Enterb' ich Dir! Verstehst Du mir?*
Er machte drauf sein Testament,
Worin er Eduard nicht kennt.

Moral:
Behandle nie die Eltern hart,
Sonst geht Tir's wie dem Eduard!

Die Geschichte von den Vielküssern

Hermann und *Agnes* liebten sich,
Wie man so sagt, recht ordentlich;
Sie küsseten sich dergestalt,
Dass es bis zu dem Nachbar schallt.
Auf jedem Fleck, an jedem Ort,
Im Garten, auf dem Sofa dort,
Am offnen Fenster auch sogar,
Da küssete sich dieses Paar.
Der Kuss gehört zur Liebe, ja,
Wozu sind denn die Lippen da?
Doch *Hermann* hier und *Agenes*,
Gewiss, die übertrieben es.
So küssten sie ein Jahr beinah,
Doch hört mal Kinder, was geschah?
Als sie es einst zu arg gemacht,
Da schwollen ihnen über Nacht
Die Lippen wie zwei Kissen an,
Wie man's im Bild hier schauen kann.
Es schien als käm' der Brand dazu,
Man schickt zum Doktor hin im Nu;
Der kam herbei mit Hut und Stock,
Und setzt Blutegel, wohl ein Schock
Den Beiden an das Lippenpaar;
Was schrecklich anzuschauen war.
Und als nun die Geschwulst verschwand,
Da war die Lippe weiß wie Sand
Und dünngedrückt wie Postpapier,

Durchschimmerten die Zähne schier.
Und Beide konnten ohne Graun,
Sich nicht mehr in das Antlitz schaun.

Moral:
Drum Kinder lernt aus der Geschicht':
Zu vieles Küssen tauget nicht!

Mit Schiessgewehren spiele nicht!

Der *Gottlieb* war ein Kaufmann schlicht,
Doch blieb er bei der Feder nicht.
Er liebete das Militär,
Und kaufte sich ein Schießgewehr.
Doch hört ihr Kinder, was geschah!
Einst auf dem Scheibenstande, da
Stand Gottlieb in Gedanken sehr
Und spielete mit dem Gewehr;
Er knaupelte herum am Schloss –
Auf einmal ging der Deibel los?
Man hörte einen lauten Schrei,
Und als man näher kam herbei –
Da lag in ihrem roten Blut

Ein Weib, das er getroffen gut.
Noch nie traf er die Scheibe so.
Nun schrie der Gottlieb ach und oh!
Und rief: o hätt' ich nimmermehr,
Gekauft mich dieses Schießgewehr.

Moral:
Die Eitelkeit verlockt die Meisten,
Daß sie nicht bleiben bei dem Leisten,
Daß sie, statt hübsch zu Haus zu bleiben,
Durch bummeln sich die Zeit vertreiben;
Und item, lernt aus der Geschicht':
Mit Schießgewehren spielet nicht!

Die Geschichte von der geizigen Bertha

Die *Bertha* war als junge Frau,
Wie man zu sagen pflegt — *genau.*
Aus Allem schmeckte man im Haus
Die Wurzel alles Übels 'raus,
Mit zween Fischen und fünf Broten,
Da speiste sie bei Gastgeboten
5000 Mann (da seht ihr's nun)
Und konnte doch nicht Wunder tun!
Sie schnitt aus einem Gänsestiez
Wohl zwölf Portionen, ohne Witz.
Neunaugensuppe, grade hin,
Hieß sie Bouillon, die Lügnerin!
Durch ihren Kaffee schaute man
Die Blumen auf dem Porzellan;
Vom Zucker war die Rede nie,
„Er schwärzt die Zähne", meinte sie.
Wenn Bertha nach dem Markte kam,
Hieß es: „Da kommt die Pfenn'gmadam!"
Sie feilschte bei der Mandel Eier
Oft stundenlang um einen Dreier,
Und wenn sie selb'ger nun erfreut,
Verlor sie für zwei Taler Zeit.
Ihr Mann war kraftlos, Kost war schlecht –
Das war der jungen Frau schon recht!
Die Mägde, Anfangs rund und drall,
Gerieten kläglich in Verfall,
Und hielten selten lange aus,

Der Hunger trieb sie aus dem Haus.
Der Mann bekam das Leben satt,
Und wisst ihr, was derselbe that?
Er geht auf seine eigne Faust
An Orte, wo er heimlich schmaust.
Dort bringt er durch, was sie erspart. –
Als ihn die Bertha einst gewahrt,
Starb sie vor Ärger, Gram und Schreck,
Bevor sie nahm der Hunger weg.

Moral:
Die Wurzel alles Übels ist,
Wenn sich der Mensch nicht satt mal isst!

KOKETTERIE

Was wenden doch, um zu gefallen,
Und um zu fesseln einen Mann,
Die Mädchen, wenn die Herzen wallen,
Für so verschiedne Mittel an:
Charlotte will das Feuer schüren
Durch Kälte und durch Sprödigkeit;
Pauline will die Männer küren,
Durch Feuer und durch Zärtlichkeit;
Mit grob sein will Mathilde locken,
Rosalie durch Prüderie;
Den Doktor mit gelehrten Brocken
Zu ködern, trachtet Ameli.
Louise, der die Zeit genommen
Die Blüten, von der Kunst sie leiht –
Auguste denkt an Mann zu kommen
Durch stillen Sinn für Häuslichkeit.
Alwine spielt die Religiöse,
Weshalb sie oft zur Kirche geht;
Antonie wird oft maliziöse,
Und hält es für Naivetät.
Amanda schwärmt und macht Gedichte,
Und das Naturkind spielt Marie;
Die Tante Ursel tut's der Nichte
Zuvor noch an Koketterie;
Bertha, das Tüchlein um die Ohren,
Denkt, kränklich tun macht interessant,
Johanna, die fast krank geboren,

Tut kerngesund, weiß wie die Wand,
Emilie kann vortrefflich zechen
Und raucht Zigarren, wie ein Mann,
Hermine bringt die süßen Schwächen,
Das Mädchenhafte, lieblich an.
Im größten Staat beim Kerzenschimmer,
Erscheint sich Hulda eine Fee,
Schönheit, spricht Agnes, zeigt sich immer
Am reizendsten im Negligé!
Kurz, jedes Kind sucht immer wieder
In etwas Anderm Zauberkraft,
Die hebt die schönen Augenlieder,
Die schlägt sie nieder, tugendhaft,
Die pflegt die Reize bloß zu legen,
Die hüllet halb, die ganz sie ein,
Die hält zurück, die kommt entgegen,
Die macht sich vornehm, die gemein,
Die hört man schmachtend Seufzer hauchen,
Und die gibt laut die Neigung kund,
Die will es zwingen mit den Augen,
Die Andere wieder mit dem Mund!

So täuschen sie durch Kunst die Blinden,
Und üben, was ihm Reiz verleiht,
So kann man alle Reize finden,
Nur leider nicht Natürlichkeit!

QUALM-JULIUS

Der *Julius*, so hörte ich,
Soll tauchen leidenschaftiglich;
Mit seiner Pfeife steht er auf,
Und legt sich nieder auch darauf.
Er saß am frühen Morgen schon
In Wolken, wie Zeus Kronion;
Er dampfte, also ging der Ruf,
Wie ein lebendiger Vesuv,
Man sagt, daß Herr Prätorius
So reich sei nur durch Julius.
Man roch ihn eh'r, als man ihn sah,
Das nahm sich seine Frau sehr nah.
Wenn sie in seine Stube kam,
Der Qualm ihr schier den Atem nahm,

Sie taumelte zurück und spricht:
Wo bist Du, Mann? ich seh' Dir nicht!
Er rief ihr zu: Was willst Du hier?
Nur g'rade aus, da find'st Du mir!
Die Frau nun ihren Zorn nicht barg:
Nein, was zu arg ist, ist zu arg!
Ruft sie und reißt die Fenster auf,
Und der Krakehl nahm seinen Lauf.
Und was geschah? Der Julius
Schwelgt eines Abends im Genuss
Der Pfeife extraordinär
Und geht zu Bette dann nachher –
Und wie er Morgens um sich blickt –
War er in seinem Rauch erstickt.

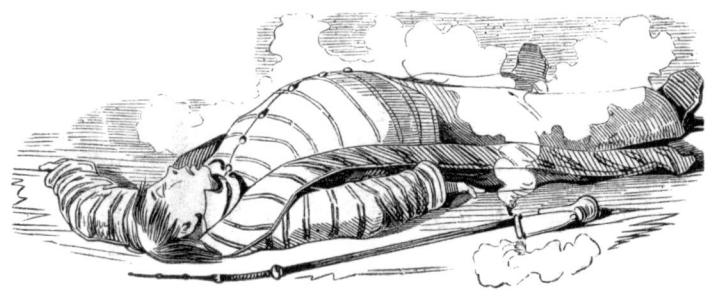

Moral:
Fürwahr, jedwedes Frauchen spricht:
Ein Pfeifchen Tabak schadet nicht!
Doch wer es treibt wie Julius,
Kein Wunder, wenn er sterben muss.

Man setzte ihm, der stets geschmaucht,
Die Grabschrift: *Er hat ausgeraucht!*

Ludwig, der Topfgucker

Der *Ludwig*, der pedant'sche Tropf,
Bekümmert sich um jeden Topf.
Fürwahr! in jede Seifenblase
Steckt dieser Mann auch seine Nase.
Man weiß sich nicht zu retten mehr
Vor diesem Hauskonstabeler!
*Er schnüffelt und rüffelt,
Er lecket und schmecket
Durch Küche und Keller,
Durch Töpfe und Teller,
Durch Winkel und Ecken;
Nichts kann man verstecken,
Er findet es auf
Nach kurzem Verlauf!*

Des Morgens schon, im Haustalar,
Zählt er die Kaffeebohnen gar.
Zu jeder Tageszeit er weiß
Den Eier- und den Butterpreis.
Dann giebt er die Parole aus,
Das heißt, was er befiehlt zum Schmaus.
Sobald wie er den Braten riecht,
Und schnüffelt und rüffelt,
Und lecket und decket
Die schwarzen Töpfe auf und zu
Und kehrt sich nicht an das „Nanu?"
Der Köchin, die es bass verdrießt,
Dass er eh'r kostet und genießt.
Vergebens band man ihm die Schürze
Um seinen Leib und hängt die Stürze
An einen Knopf von seinem Rock –
Im Küchengarten bleibt der Bock.
Ihr Kinder aber, gebt nun Acht,
Was uns're Jungfer Köchin macht:
Sie weiß, er ist ein Katzenfeind,
Und eh' es einer nur vermeint,
Greift sie die Katze bei dem Schopf
Und steckt sie in den größten Topf,
Deckt ihn mit schwerem Deckel zu
Der Ludwig kommt in guter Ruh
Und schnüffelt und rüffelt
Und lecket und decket,
Nach altem Gebrauch,
Den ersten auf, den zweiten auch;
Wie er vom größten hebt das Gewicht,
Springt ihm die Katze in's Gesicht –
Er fällt vor Schreck zur Erde nieder
Und – kam nie in die Küche wieder. –

Moral:
Merkt Euch: Wo Euer Amt nicht ist,
Da lasst den Fürwitz jeder Frist!
Den Frau'n in's Handwerk pfuschet nicht,
Sonst – kriegt Ihr ein zerkratzt Gesicht!

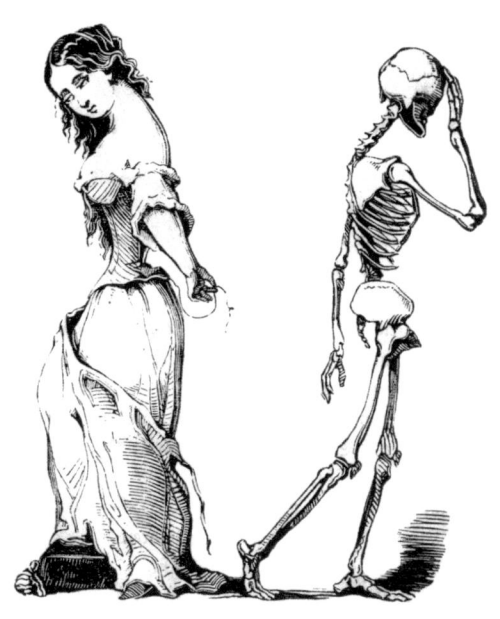

Die Geschichte von der todtgeschnürten Marie

Marie hatte von Natur
Schon eine niedliche Figur.
Da sah sie einen Lieutenant,
Des Taille eine Hand umspannt. –
Wie? rief sie aus und messet sich,
Ein Mann, eine Mann beschämet Dich
Durch eine Taille superfein?!
Den Ruhm soll er nicht haben, nein! –
Von dieser Stunde an, da schnürt
Sich dieses Kind und offiziert
Zusammen ihren armen Leib,
Dass er drei Zoll im Umfang, schreib:
Drei kleine Zoll im Umfang misst,
Und welkte hin nach kurzer Frist.
Und eh' vergangen Jahr und Tag,
Marie tot zusammenbrach.
Und wie ihr Leib beschaffen war,
Stellt obiges Gerippe dar!

Angel-Eduard

Wenn *Eduard* nicht angelte,
War's ihm, als wenn was mangelte,
Er saß sam Wasser früh und spät:
Ja, wenn er nur was fangen tät!
So aber saß er bis zum Abend,
Im Netze keine Fische habend,
Wenn er nach Hause kehrt zurück;

Das war sein größtes Ungelück.
Man lachte dann den Eduard aus;
Drum kam er später nie nach Haus,
Dass er nicht einen großen Fisch
Der Gattin legte auf den Tisch.
Ob er ihn kostete sein Geld,
Das lassen wir dahingestellt.

Doch ach, es sann sein junges Weib
Inzwischen auch auf Zeitvertreib.
Sie warf ihr Netz, fein still und leis',
Nach einem Lieutnant, schlank und heiß.
Und fing ihn ohne viel Beschwer,
So wie er war, mit Schild und Speer.

Wenn nun der Eduard angelte,
Der Lieutnant nicht ermangelte,
Die Frau in ihrer Einsamkeit
Zu unterhalten in der Zeit.

Man hörte sie seit diesen Tagen
Nicht mehr ob langer Weile klagen.

Moral:
Ihr Angler, nehmt die Lehre draus:
Lasst junge Weiber nicht zu Haus!

FERDINAND, DER VIELSCHNUPFER

In seinem Kopf hat *Ferdinand*
Mehr Schnupftabak als wie Verstand!
Denn wo er geht und wo er steht,
Die Dose er in Händen dreht.
Nach jedem dritten Worte knapp
Da füttert er die Nase ab;
Dabei fällt auf sein Chemiset
Ein halbes Pfündchen, ganz komplett.
Und eine Freudenträne, hu!
Die ihm entfällt, die gibt er zu.
Landkartenähnlich schauet aus.
Die Weste, die er trägt zu Haus.
Und wie ambrosisch von Geschmack
Ein Kuss, gewürzt mit – Schnupftabak!

Karl, der gekaufte Doktor

Karl wär' ein Doktor gern gewesen,
Allein er war gar schlecht belesen!
Doch Karlchen hatte Geld und Gut,
Drum kauft er sich den Doktorhut
Zu Jena in der Hutfabrik –
Kost't 50 Taler nur das Stück!
Dann wurde er Homöopath,
Obgleich er nichts im Kopfe hat.
Mit dem Dr. vor seinem Namen,
War er der Brennpunkt aller Damen.
Sie waren schier in ihn vernarrt,
Seitdem er so benamset ward.
Madam ist jede Hökerin,
Ganz anders klingt „Frau Doktorin!"
Und ach, wie herrlich, wenn der Mann
Sein Weibchen selbst kurieren kann!
Das konnte Karl nun freilich nicht,
Dieweil ihm das Latein gebricht;
Doch macht' er manche Maid gesund
Durch bloßes Küssen auf den Mund.
Wohin er ging, an jedem Ort:
Herr Doktor hier, Herr Doktor dort!
Der Karl Verachtung blicken ließ
Bei Allem, was nicht Doktor hieß;
Fürwahr sein Hut saß ihm so gut,
Dass man kein Ohr entdecken tut!
Kein Mädchen hat ihn exam'niert,

Ob er auch wirklich promoviert?
Er galt soviel durch Vaters Knöpfe,
Wie andre Doktors durch die Köpfe.
Ein reiches Mädchen, nicht zu klug,
Ihm bald ihr Herz entgegentrug;
Er akzeptierte es und warb –
Setzt' Kinder in die Welt und starb.

Moral:
Drum rat' ich, Kinder habt ihr Mittel,
Verschafft euch auch den Doktortitel.

Die ehemannzipierte Klara

Es neigte sich der *Klara* Sinn
Von Jugend auf zu Knaben hin.
Schon in der Schule, klein und dumm,
Da ging sie gern mit Jungen um.
Nach Puppen hat sie nie begehrt,
Sie hielt's mehr mit dem Steckenpferd,
Man musst' sie ziehen bei dem Arm
Oft aus dem dicksten Jungenschwarm.
Und als sie nun ein Jüngling ward,
War ihre Sitte rau und hart;
Sie trug sogar oft Männerkleider
Und sah dann aus, so – wie ein Schneider!

Sie ritt und focht mit dem Rappier,
Und trank statt Kaffee Bairisch Bier,
Raucht selbst Zigarren stolz und kühn,
Bis sie sich musst' zurücke ziehn.
Ihr Mut ging weit; nichts macht' ihr Graus.
Sie furchte sich vor keiner Maus –
Sie griff selbst eine *Spinne* an!
Kurzum, sie war *ein ganzer Mann*.
Dabei gelehrt, studierte bass,
Von Allem wusste sie Etwas;
In Brockhaus dickem Lexikon
War sie sehr weit gekommen schon,
Man konnt' sie fragen bis zum O,
Die Klara dient' Euch *comme il faut*.
Sie wusste sogar aufzugabeln
Ein Paar lateinische Vokabeln.
Drum schimpfte sie auch stets für sich
Auf ihr Geschlecht verächtiglich.
Ihr Herz, so hart als wie ein Stein,
Das neigt sich nicht zur Liebe, nein!
Schad' um den Busen, sanft und klar,
Dass solch ein Herz darinnen war!
So mancher Jüngling um sie minnt –
Denn sie war reicher Leute Kind –
Doch stets mit kaltem Hohn sie spricht:
„In's Ehejoch schmieg' ich mich nicht!
Frei will ich leben bis zur Gruft,
Frei wie der Vogel in der Luft!"

Man ließ sie fliegen. Aber bald
Da zwingt sie Amor mit Gewalt;
Ein junger schmucker Don Juan
Stach ihr ins Herzchen, bis es sprang.
„Mit dem möcht' ich im Joche sein!",

So seufzt' anjetzt das Mannfräulein,
„Ja, der gefällt, ach weih, ach weih!
Mein hartes Herz, es ist entzwei
Mit dem verlass' ich's Vaterhaus!"
Schnell zog die Pantalons sie aus,
Warf die Cigarre aus dem Mund
Und ward ein Weib zur selben Stund.

Jedoch zu spät! – So wie's ihm klar,
Dass dieser Jung' ein Mädchen war,
Spricht er und schaut sie lächelnd an:
„Ich will ein Weib und keinen Mann!"
Nahm Hut und Stock, tat sich empfehlen,
Um einem Weib sich zu vermählen.
So blieb die Klara bis zur Gruft
Frei wie der Vogel in der Luft!

Moral:
O liebe Jungfrau'n, hold und zart!
Was nützt die Mannheit ohne Bart?
Selbst Kleider machen nicht den Mann,
Zigarrenrauch es auch nicht kann –
Seht, die sich hier emanzipiert.
Die ward nicht ehemannzipiert.

Die totgetanzte Louise

Louise war im ganzen Städtchen
Gewiss das allerschönste Mädchen,
Frisch, kerngesund und immer heiter,
Mit netten Füßchen und so weiter.
Doch aber ach, der Tanz, der Tanz,
Das war ihr halbes Leben ganz!
Sobald man eine Geige strich,
Da lebten, bebten, regten sich
Des Mädchens Glieder allerwärts.
Im Busen tanzte schier das Herz.
Für sie war selbst ein Leiermann
Ein Oberon, der zaubern kann;
Sie hätte selbst zum Trommelschlag
Getanzt, bis ihr die Luft gebrach.
Der Mutter Warnung half zu nichts:
Im Schweiße ihr Angesichts
Tanzt' sie die schnellste Galoppade
Und trank dazwischen Limonade;
Aß Himbeer-Eis, und was geschah?
In Kurzem lag Louise da.
Erst schwand dahin der Wange Rot,
Dann engagierte sie der Tod.

Man glaubt sie jetzt noch nicht genesen!
Aus ihrem Grabstein ist zu lesen:
„Geh, Wandrer, schnell vorüber hier,
Sonst steht sie auf und tanzt mit Dir!"

Minna, die Dichterin

Die holde *Minna* hatte nur
Den Sinn für schöne Lit'ratur;
Doch für die *schön're* Kochkunst war
Ihr Herz erstorben ganz und gar.
Die saß im tiefsten Negligé
So früh als spät und dichtete;
Sie schrieb Romane, ach, so schön! – –
Die Wirtschaft ließ sie *selber* gehn.
Die Kinder wuchsen wild heran,
Sie schrieb erst den Erziehungsplan –
Ja, wenn dann ihrer Träume voll,
Ihr die bildschöne Seele schwoll,
Dann war hienieden nicht ihr Sein –
Dann hört' sie nicht der Kinder Schrei'n,
Dann sieht sie nicht, wie eben dort
Die Katze trägt das Frühstück fort;
Dann riecht sie nicht den Braten, der
Hülflos verbrennt in ihrer Röhr':
Dann fühlt sie nicht, dass auf den Schoß
Der heiße Kaffee sich ergoss –
Mit einem Wort, *sie war nicht da*,
Obgleich sie jeder sitzen sah.

Die Wirtschaft war seit Jahren schon
In allerschönster Konfusion,
So recht romantisch liederlich,
Echt polnisch, ordnungswiderlich;

Der Supp' gebrach oft Salz und Schmalz.
Da kam der Mann ihr auf den Hals
Und rupft' ihr einst bei einem Strauß
Das Haar sammt allen Lorbeer'n aus. –

Ihr Frauen, wartet Eurer Pflichten!
Um Gottes Willen, lasst das Dichten,
Studiert der Kochkunst Theorie
Und exerziert genießbar sie!

Kunigunde und Eduard

'S ist kein Schauspiel für den Dritten
Von so ennuyanter Art,
Als wenn sich ihr Herz ausschütten
Kunigund und Eduard.
Wenn das Grün der jungen Triebe,
Wenn der Most der ersten Liebe,
Süßlich, bitter, dick und trübe
Überströmt des Bechers Rand,
Sieht man so aus seiner Ecke
Ihre fade Tändelei,
Ihr Getue, ihr Genecke,
Den verliebten Kinderbrei –
Hört man nichts als „Rosenlippen",
„Küsse, die von Nektar trippen,
Taillen, die vor Feinheit schwippen",
Ach, wie wird uns dann dabei!
Oder hört man, wenn sie winseln
Unverdauten grünen Kram,
Den sie aus Romanen pinseln,
Weil er nicht von Herzen kam.
Ach und vollends wenn sie dichten
Und in Versen süß berichten
Ihres Unsinns wirre Schichten.
Dann wird die Geduld uns lahm!
Aber ach, noch zehnmal ärger
Als die süße Huldigung,
Ist ein solcher Grüneberger

Ausbruch der Verzweifelung!
Wenn die Flügel dehnet Psyche,
O dann geht bis in die Brüche
Diese süßlich kalte Küche
Wimmernder Begeisterung.
Wenn sie spielen Werthers Leiden –
Aber ohne Knall-Effekt;
Denn der Tod wird sie nicht scheiden,
Gott sei Dank, das Essen schmeckt!
Und wie sie sich auch bezechen
In der Wehmut süßen Bächen,
Ob auch hier die Herzen brechen,
Morgen sind sie nicht defekt.
„Du bist meine erste Liebe
Und wirst meine letzte sein!
Mädchen, diese süßen Triebe
Fühl' ich nur für Dich allein!" –
„Jüngling, keine Macht der Erde
Soll mich zwingen, dass ich werde
Treulos Dir! Nein, mein Gefährte
Kannst nur Du durchs Leben sein!"
Ihr Augen werden nasser,
„Ja wenn Du mich je verlässt,
Spring' ich in das tiefste Wasser;
Ja, das ist beschlossen fest."
„Bei der ew'gen Sterne Flimmer,
Bei des Mondes bleichem Schimmer
Schwöre ich, dass nun und nimmer
Dein Getreuer Dich verläßt!"
Heftiger springt die Fontaine
Ihrer schönen Augen jetzt,
Bis ein Wolkenbruch die Szene
Gänzlich unter Wasser setzt.
Aber dann, dann heißt es laufen,

Will man nicht darin ersaufen;
Zeit und Welt fällt über'n Haufen –
Und ich laufe wie gehetzt.

MORITZ DER SONNTAGSREITER

Schaut doch, schaut! ein Sonntagsreiter
Macht die ganze Straße heiter!
Wie die Klammer auf der Leine
Sitzt der kleine Extrafeine,
Vorwärts, seitwärts, hinten, vor,
Schwankt er wie im Wind das Rohr.
Jetzt Trab,
Klipp und klapp!
Jetzt Galopp,
Hopp! hopp! hopp!
Wehe, er verliert die Bügel!
Klammert sich an Mähn' und Zügel
Hoffnungslos –
Riesengroß
Wird die Angst nun vor dem Falle –
Halt nur ein, das Pferd wird alle!

Hui, jetzt geht es von der Stell' –
Hurrah! Tote reiten schnell!
Über Stock und Stein
Immer querfeldein!
Über Zäun' und Gräben fliegt er,
Noch ein Sprung, und – plumps da liegt er

Lieber stolz zu Fuße gehn,
Als elend vom Sattel wehn!

Grabschriften auf den Gefallenen.
Hic jacet in drecco, qui mode reiter erat.

Zu Deutsch:
Du Armer, der zu Pferde
Der Stolz der ganzen Erde –
Nun höhnt man Dich, das Pferd lief weg
Und Dein Portrait zeigt jetzt der –

(Schlegel und Göthe.)

Zigarren und Mädchen

Die Zigarren und die Mädchen
Sind sich heut in Vielem gleich;
Beide sind oft schief gewickelt,
Oft zu hart und oft zu weich.

Auch das Deckblatt, auch das Äuß're,
Täuschet oft bei Beiden sehr,
's ist das Beste oft, das Inn're
Ist ganz ordinär und leer.

Selbst die Augen auf dem Blatte
Sind oft künstlich nur gemacht;
Auch die Augen vieler Schönen
Künden Tag, wenn innen Nacht.

Man schließt öfter von der Farbe
Fälschlich auf die Eigenschaft,
So sind kalt oft die Brünetten,
Blonde voller Glut und Kraft.

Ferner, viele der Zigarren
Bleiben öfter nicht in Brand;
So verlöscht die Glut der Mädchen,
Oft so schnell wie sie entstand.

Aus dem Feuer der Zigarre
Ziehet man den würz'gen Rauch;

Von dem Munde der Geliebten
Ihren glühend süßen Hauch.

Die Zigarre ist noch Jungfrau,
Wenn die Spitze unlädiert,
Und das Mädchen ist das reinste,
Die noch Keines Mund berührt.

Oft wird uns von der Zigarre
Übel, die Genuss verspricht,
Was bei manchem hübschen Gänschen,
Wenn es schwatzt, wohl auch geschicht.

Alles rauchet jetzt Zigarren
Knaben, feucht noch irgendwo,
Wie die rauchen schon, so liebet
Mancher Backfisch, *comme il faut*.
Ist das Deckblatt der Zigarre
Schadhaft oder abgelöst,
Dann hat sie des Mädchens Schicksal,
Das, entblättert, man verstößt.

Durch Zigarren und durch Mädchen
Manches Unglück schon entstand,
Kleider, Bärte, Häuser, Herzen
Und so weiter sind verbrannt.

Nur in Einem sind verschieden
Beide, die so harmoniert:
Die Zigarr' gewinnt durchs Alter,
Doch das Mädchen, das verliert.

ANTON, DER SÜSSHOLZRASPLER

„Ob der *Anton* wie ein Mann,
Was Gescheidt's wohl reden kann!
Ewig muss er Süßholz raspeln
Und mit beiden Armen haspeln!"
Also sprach mit ernstem Ton
Der Papa zu seinem Sohn!
Aber Mutter blickte dann
Ihren Anton lächelnd an,
Doch der Anton hörte nicht,
Was zu ihm der Vater spricht.
Er raspelt
Und haspelt,
Er girret
Und schwirret
Vor den Mädchen hin und her,
Denen gefiel der Anton sehr.

Seht, ihr lieben Kinder, seht,
Anton raspelt früh und spät –
Süßholz, und vergaß fürwahr,
Seine Arbeit ganz und gar.

Er geriet in Schulden tief;
Seine Stiefeln wurden schief;
Seine Gläub'ger liefen Sturm,
Ach! und setzten ihn in'n Turm!
Wo er sich im Schweigen übt.

Vater war darob betrübt,
Und die Mutter blickte dann
Ihren Anton weinend an.

Bald ist Anton ganz herab,
Hat das liebe Leben knapp.
Und in der Verzweifelung
Trieb er Hassartspiel und Trunk,
Und griff manchmal, sonder Harm,
Frau Fortuna unter'm Arm.
Bis man ihm das Handwerk legt,
Und ihn jetzt im Zuchthaus hegt.

Dorten, mit verbiss'nem Zorn,
Sitzt er nun und raspelt – *Horn*.